„Die Zukunft zeigt uns viele Gesichter, welches sich uns zuwendet
fühlen wir dann, wenn es uns berührt "

Dietmar Dressel

„Nachdenklich steht es um das Geistige, das sich um die Zukunft
ängstigt und traurig vom Unglück ist. Es ist voll Besorgnis
ob das, woran es seine Freude hat, möglicherweise auch
Bestand haben wird "

Dietmar Dressel

Dietmar Dressel

Aforismer och citat

Svenska und Deutsch

Für Barbara, Alexandra, Kai, Timon, Nele und Isabelle

Vorwort

Selbstkritisch gesagt meine ich, dass viele Zitate und Lebensweisheiten darauf abzielen, die eigene und selbst vorgelebte Verhaltensweise zu reflektieren. So soll durch einen aphoristisch griffigen Spruch die eigene Reflexionsfähigkeit möglicherweise angeregt werden.

Was ist so wichtig im Leben? Was zählt für den einzelnen Menschen wirklich? Diese Fragen sind oft von Bedeutung.

Die nachfolgenden Zitate und Lebensweisheiten finden sie alle in meinen sechsundsiebzig veröffentlichten Romanen.

....

När jag talar självkritiskt menar jag att många citat och visdomar syftar till att återspegla sitt eget och självexemplerade beteende.

En aforistisk fängslande fras bör möjligen stimulera sin egen förmåga att reflektera. Vad är så viktigt i livet?

Vad räknas verkligen för individen?
Dessa frågor är ofta viktiga.

Följande citat och visdomar finns alla i mina sjuttiosex

publicerade romaner.

....

Bibliographic information from the German National Library.

The German National Library has entered this publication into the German National Bibliography. Detailed bibliographic information can be obtained online at: http://dnb.d-nb.de.

Copyright © 2020 Dietmar Dressel – Autor – erste Auflage.
Herstellung und Verlag: BoD - Books and Demand, Norderstedt
Alle Rechte vorbehalten. Das Werk darf – auch teilweise – nur mit Genehmigung des Verlages wiedergegeben werden.

Gestaltung: Alexandra und Barbara Dressel
Layout: Kai Hintzer
Printed in Germany
ISBN 9 783752 669213

Vor geraumer Zeit wurde auf Facebook und Twitter die Frage gestellt: Who is Dietmar Dressel about?

Es ist für einen Buchautor und Schriftsteller nicht ungewöhnlich, dass er mit zunehmender Aktivität im Lesermarkt das Interesse der Öffentlichkeit weckt und diese natürlich neugierig darauf ist, um wen es sich dabei handelt. Natürlich könnte ich dazu selbst etwas sagen. Ich denke, es ist vernünftiger, eine Pressestimme zu Wort kommen zu lassen.

Nachfolgend ein Artikel von Michel Friedmann: Jurist, Politiker Publizist und Fernsehmoderator.

'Wanderer, kommst Du nach Velden". Wer schon einmal im kleinen Velden an der Vils war, der merkt gleich, dass an diesem Ort Kunst, Kultur und Literatur einen besonderen Stellenwert genießen. Der Ort platzt aus allen Nähten vor Skulpturen, Denkmälern und gemütlichen Ecken die zum Verweilen einladen. So ist es auch ganz und gar nicht verwunderlich, dass sich an diesem Ort ein literarischer Philanthrop wie Dietmar Dressel angesiedelt hat. Dressel versteht es wie wenige andere seines Faches, seinen Figuren Leben und Seele einzuhauchen. Auch deswegen war ich begeistert, dass er sich an das gewagte Experiment eines historischen Romans gemacht hatte. Würde ihm dieses gewagte Experiment gelingen? Soviel sei vorweg genommen: Ja, auf ganzer Linie.

Aber der Reihe nach. Historische Romanautoren und solche, die sich dafür halten, gibt es jede Menge. Man muß hier unterscheiden zwischen den reinen 'Fiktionisten' die Magie, Rittertum und Wanderhuren in eine grausige Suppe verrühren und historischen „Streberautoren", die jedes noch so kleine Detail des Mittelalters und der Industrialisierung studiert haben und fleißig aber langatmig wiedergeben. Dressel macht um beide Fraktionen einen großen Bogen und findet zum Glück schnell seinen eigenen Stil. Sein Werk gleicht am ehesten einem Roman von Ken Follett mit einigen erfreulichen Unterschieden! Follett recherchiert mit einem großen Team die Zeitgeschichte genauestens und liefert dann ein präzises, historisches Abbild. Ein literarischer und unbestechlicher Kupferstich als Zeugnis der Vergangenheit. Dressel hat kein Team und ersetzt die dadurch entstehenden Unklarheiten gekonnt mit seiner großartigen Phantasie. Das Ergebnis ist, dass seine Geschichten und Landschaften 'leben' wie fast nirgendwo anders.

Follett packt in seine Geschichten stets wahre Personen und Figuren der Zeitgeschichte hinein, die mit den eigentlichen Helden dann interagieren und sprechen. Das nimmt seinen Geschichten immer wieder ein wenig die Glaubwürdigkeit. Dressel hat es nicht nötig, historische Figuren wiederzubeleben. Das Fehlen echter historischer Persönlichkeiten gleicht er durch menschliche Gefühle und lebendige Geschichten mehr als aus.

Folletts Handlungen sind zumeist getrieben von Intrige, Verrat und Hinterhältigkeit. Er schreibt finstere Thriller, die ihren Lustgewinn meist aus dem unsäglichen Leid der Protagonisten und der finalen Bestrafung der 'Bösen' ziehen. Dressel zeigt uns, dass auch in einer so finsteren Zeit wie der frühen, industriellen Neuzeit Freundschaft, Liebe und Phantasie nicht zu kurz kommen müssen. Er wirkt dabei jedoch keinesfalls unbeholfen sondern zeigt uns als Routinier, dass er das Metier tiefer Gefühle beherrscht, ohne ins Banale abzugleiten.

Folletts Bücher durchbrechen gerne die Schallmauer von 1000 und mehr Seiten. Er beschreibt jedes Blümchen am Wegesrand. Dressel kommt mit viel weniger Worten aus. Substanz entscheidet!

In der linken Ecke Ken Follett aus Chelsea, in der rechten Ecke Dietmar Dressel aus Velden. Zwei grundverschiedene Ansätze und Herangehensweisen an ein gewaltiges Thema. Wer diesen Kampf wohl gewinnt? Keiner von beiden. In der Welt der Literatur ist zum Glück Platz für viele gute Autoren!

„Fest verankert in der Erde steht ein Turm. Tief unter ihm lebt Kurt, der Regenwurm. Gräbt er still und leise, ist er weise. Wühlt er hemmungslos und dumm, macht es bumm."

"Det finns ett torn som är ordentligt förankrat i marken. Daggmask Kurt bor djupt under honom. Han gräver tyst, han är klok. Han gräver obegränsat och dumt, då går det bumm."

· · · · · · · · · ·

„Was wäre die materielle Unendlichkeit des Universums, ohne die Kraft der Liebe."

"Vad skulle universums materiella oändlighet vara utan kärlekens kraft."

. . . .

„Die Gegenwart zeigt uns die Fehler der Vergangenheit, damit wir die Zukunft besser gestalten."

"Nuet visar oss misstagen från det förflutna så att vi kan forma framtiden bättre."

. . . .

„Was nützt uns ein voller Bauch, wenn die Freiheit des Geistes Hunger leidet."

„Vilken nytta är full mage när andens frihet lider av hunger."

•••••••••

„Für die Einsicht in Liebe zu handeln, muß man einen anstrengenden Weg gehen."

"För att insikten ska kunna agera i kärlek måste man gå en ansträngande väg."

•••••••••

„Die Philosophie ist die Stimme unseres Bewusstseins, auf der Suche nach der Wahrheit unseres „Seins"."

"Filosofi är rösten i vårt medvetande, på jakt efter sanningen i vårt "varelse."

•••••••••

„Um das scheinbar Unfassbare zu begreifen, muss man sich erst einen passenden Raum im Denken schaffen."

"För att förstå det till synes obegripliga måste man hittar du först ett lämpligt rum i Skapa tänkande."

•••••••••

„Bis das Eis unter einem Felsen schmilzt, vergeht eine
lange Zeit.“

"Det tar lång tid för isen att smälta under en sten."

∙∙∙∙∙∙∙∙∙∙

„Das kleine Wörtchen „aber“ ebnet uns den Weg
zur Weisheit.“

*"Det lilla ordet "men" banar väg för oss
till visdom."*

∙∙∙∙∙∙∙∙∙∙

„Aller Anfang ist das Übel für das Kommende.“

"Varje början är ondskan för det som kommer."

∙∙∙∙∙∙∙∙∙∙

„Die Sehnsucht ist die Triebfeder allen Geschehens.“

„Längtan är huvudkällan till allt som händer.“

∙∙∙∙∙∙∙∙∙∙

„Der schlechte Teil der Vernunft ist, in Blindheit
zu handeln.“

*"Den dåliga delen av sanity är att vara blind
att agera."*

∙∙∙∙∙∙∙∙∙∙

„Eines der wesentlichsten Probleme des Lebens besteht in ihrem Unverständnis zur Realität."

"Ett av de viktigaste problemen i livet är deras brist på förståelse för verkligheten."

. . . .

„Die Neugier des Menschen ist die Triebfeder seines Handelns."

"Människans nyfikenhet är huvuddelen av hans handlingar."

. . . .

„Die universelle Ewigkeit ist das wirkliche „Sein" des geistigen Lebens."

"Den universella evigheten är den verkliga varelsen för andligt liv."

. . . .

„Wenn man nicht weiß wo man steht, wird es schwer sein, den richtigen Weg zu finden."

„Om du inte vet var du står blir det svårt att hitta rätt väg."

· · · · · · · · · ·

„Das Geheimnis der Zeit liegt in der Sehnsucht nach dem scheinbaren „Nichts" verborgen."

„Tidens hemlighet ligger gömd i längtan efter det uppenbara ingenting."

· · · · · · · · · ·

„Die fast unlösbare Aufgabe besteht darin, sich weder von der Macht der anderen, noch vom eigenen Unvermögen bedrängen zu lassen."

„Den nästan olösliga uppgiften består i att inte förlita sig på andras kraft eller från din egen Oförmåga att bli trakasserad.“

· · · · · · · · · ·

„Nicht immer trifft es zu, dass sich Menschen in ihren Verhaltensweisen wiedererkennen wollen, weil sie meinen, dass sie dafür nicht die Verantwortung tragen.“

„Det är inte alltid sant att människor vill känna igen sitt beteende för de menar att de inte bryr sig om det Bära ansvar.“

· · · · · · · · · ·

„Die Gier kennt scheinbar kein Halten und eilt von Sieg zu Sieg.“

„Girighet verkar inte kunna stoppa och skyndar sig iväg Seger till seger.”

· · · · · · · · · ·

„Träume haben ihren Grund, und möge unser Verstand
es wahr werden lassen, dass wir diesen Grund nicht
mit Aberglauben oder Märchen verwechseln."

*„Drömmar har en anledning, och må våra sinnen få
det att gå i uppfyllelse att vi inte har den anledningen
förväxla det med vidskepelse eller sagor."*

· · · · · · · · · ·

„Der Mensch wird durch das was ihn ständig treibt und
was er immer will, ohne es wirklich zwingend zu müssen, zu dem „was" und „wie" er ist."

*„Genom det som ständigt driver honom och vad han
alltid vill, utan att verkligen behöva göra det, blir
människor "vad" och "hur" de är."*

· · · · · · · · · ·

14

„Im Glauben wollen, sammelt sich das gedankenlose
Denken auf der Suche nach den wahren Gründen
des praktischen Lebens und des wirklichen
„Seins" in der Ewigkeit des Universums."

„I att vilja tro samlas tanklöst tänkande på jakt efter de
verkliga orsakerna av det praktiska livet och
det verkliga "Att vara" i universums evighet."

....

„Der Tod lächelt uns an, doch wandelt es sich schnell
zum Ruf in die Unendlichkeit des kosmischen
„Nichts", sollte er uns berühren."

"Döden ler mot oss, men det förvandlas snabbt till ett
kall till oändligheten hos det kosmiska
"Ingenting", han borde röra vid oss."

....

„Kommst du aus der Welt der materiellen Lüste und
möchtest du in die Welt der „geistigen Unendlichkeit" eingehen, dann lass dich
nicht beirren."

„Kommer du från en värld av materiella lustar och vill
du komma in i den andliga oändliga världen?
Låt dig inte skjutas upp."

....

15

„Wenn die Sehnsucht der Liebe einen Weg zur Ewigkeit fände, würden Erinnerungen zu Stufen werden. Ich würde hinaufsteigen und dich zurückholen."

„Om längtan efter kärlek hittade en väg till evigheten, skulle minnen bli steg. Jag skulle gå upp och hämta dig tillbaka."

· · · · · · · · · ·

„Doch höre und fühle ich deine Rufe und deinen Schmerz, wenn ich wie leblos in mir ruhe. Welcher Schmerz in diesem Leben voll Trübsal ist größer, als die nicht erfüllte Sehnsucht die weint und nicht ruhen will."

„Men jag hör och känner dina samtal och din smärta när jag vilar i mig som om jag är livlös. Vilken smärta i detta sorgliga liv är större än den ofyllda längtan som gråter och inte vill vila."

· · · · · · · · · ·

„Die Sehnsucht „Ist", und wäre das nicht so, wer sollte
dann auf die Idee kommen etwas zu sein, was er
nicht ist, aber möglicherweise gern
sein möchte."

"Längtan "är", och om det inte vore för det, vem skulle
få idén att vara något han är? är inte, men kan vara
lycklig vill vara."

....

„Warum geschehen die Dinge so und nicht anders?
Weil es so ist, sonst wäre es nicht so!"

"Varför händer saker så och inte annorlunda?
Eftersom det är så det är, annars skulle det inte vara!"

....

„Ein Kloster ist nicht eine ruhige, idyllische Herberge
für Schutzsuchende. Wie man vielleicht meinen
mag. Ein Kloster ist ein widersprüchlicher Ort,
und die geistigen Inhalte die ihre Bewohner
predigen, gleichen nicht selten einem
Raum ohne Inhalte."

"Ett kloster är inte ett lugnt, idylliskt vandrarhem för
dem som söker skydd. Som du kanske tror tycka om.
Ett kloster är en motsägelsefull plats och deras
andliga innehåll predikan är ofta som en
Utrymme utan innehåll."

....

Wir leben alle unter dem gleichen Himmel, aber wir haben nicht alle das gleiche Leben."

„Vi lever alla under samma himmel, men vi har inte alla samma liv."

. . . .

„Wenn du den Tod als deinen Feind betrachtest, wird es schwer werden zu gehen, wohin der Weg auch führen mag."

„Om du ser döden som din fiende, så gör det det blir svårt att åka vart vägen går gillar att leda."

. . . .

„Sterben dürfen ist dann eine Erlösung, wenn die Schmerzen den Leidenden umfassen."

„Att få dö är sedan en inlösen när de Smärta omfamnar den drabbade."

. . . .

„Es gibt Scheintote, die ihr geistiges Glück im Universum suchen wollen, und verlassen zu diesem Zweck einfach ihren schützenden Körper. Dabei liegt oftmals das wahre Glück des Lebens in ihrem eigenen Haus, also in ihrem Körper. Die Schmerzen für die Wiederbelebung könnten sie sich sparen."

"Det finns pseudodöda som vill söka sin andliga lycka i universum och lämna för detta ändamål bara hennes skyddande kropp.
Den ligger ofta livets sanna lycka i deras eget hus, dvs i hennes kropp.
De Smärta för återupplivning du kan rädda dig själv."

....

„Mit der Gier nach materiellen Werten fördert man nicht die geistige Reife, sondern nur die ständige Sucht nach Sachen, die man eigentlich nicht braucht."

"Med girighet efter materiella värden främjar man inte andlig mognad, utan bara det ständiga missbruket av saker som man faktiskt inte behöver."

....

19

„Dummheit zu fördern und die Angst zu schüren es möglicherweise nicht ändern zu wollen, führt zum geistigen Horizont mit dem Radius Null."

"Att främja dumhet och väcka rädslan för att inte vilja ändra den leder till den andliga horisonten med en radie på noll."

•••••••••

„Die kleinsten Teilchen der Materie entstehen nicht gedankenlos, unkontrolliert und planlos, sondern aus dem universellen Zweck ihrer Bestimmung."

"De minsta partiklarna av materia uppstår inte tanklöst, okontrollerat och av misstag utan för deras kosmiska öde."

•••••••••

„Jeder Gedanke ist ein Baustein am werdenden Leben in seiner vielfältigen Gesamtheit. Es entwickelt sich durch ablaufprozessuale energetische Denkprozesse im „geistigen Sein", eingebettet in der „geistigen Energie"."

„Varje tanke är en byggsten i att utveckla livet i dess olika helhet.
Det utvecklas genom processuella energiska tankeprocesser i "Andlig varelse", inbäddad i "andlig energi"."

• • • • • • • • • •

„Jeder Folgeschritt des Lebens ist das Ergebnis von ablaufprozessualen Denkprozessen."

"Varje steg i livet är resultatet av processuella tankeprocesser."

• • • • • • • • • •

„Wenn wenige Menschen sehr gut leben wollen, muss es sehr viele von dieser Spezies geben, die bettelarm sind."

"Om få människor vill leva mycket bra, måste det finnas väldigt många av denna art som är mycket fattiga."

• • • • • • • • • •

„Im Glauben wollen sammelt sich das gedankenlose
Denken auf der Suche nach den wahren Gründen
des praktischen Lebens und des wirklichen
„Seins" in der Ewigkeit des Universums."

*„I att vilja tro samlas tanklöst tänkande på jakt efter
de verkliga orsakerna av det praktiska livet och det
verkliga "Att vara" i universums evighet."*

....

„Wer als Kind nicht beginnt zu lernen, der wird meist
ein gieriger und neidvoller Taugenichts. Wer als
Mann oder Frau nicht lernt, wandelt auf
den Weg ins materielle Verderben."

*"De som inte börjar lära sig som barn tenderar att bli
giriga och avundsjuka utan kostnad.
Vem som Man eller kvinna lär sig inte, konverterar
vägen till materiell ruin."*

....

„Lernen, ohne dabei zu denken, führt zu nichts. Denken
und nichts dabei zu lernen ist vergeudete Zeit."

*"Att lära utan att tänka leder till ingenting. Att tänka
och inte lära sig någonting är bortkastad tid."*

....

„Man sollte sich nicht schlafen legen ohne sagen zu
können, dass man an dem Tage etwas
gelernt hat. "

*"Du ska inte sova utan att kunna säga att du har något
den dagen har lärt sig. "*

· · · · · · · · · ·

„Ich esse, trinke, schlafe, vermehre mich und gehe
ständig einkaufen, also bin ich. Oder nicht?
Eben diese Frage an die Philosophie ruht auch im
„kosmischen Nichts" und hofft in der Sehnsucht nach
der Wahrheit gehört zu werden. "

"Jag äter, dricker, sover, reproducerar och shoppar hela
tiden, så jag är. Eller inte?
Just denna fråga till filosofin vilar i det "kosmiska intet"
och hoppas kunna höras i längtan efter sanningen."

· · · · · · · · · ·

„An Gott zu glauben bedeutet es für selbstverständlich
zu halten, dass die Bestimmung des Menschen darin
bestehen würde, sich über das Animalische zu erheben
und alle Formen von Gewalt und Ausbeutung abzu-
lehnen. "

"Att tro på Gud betyder att ta för givet att människans
öde ligger i det skulle insistera på att stiga över djuret
och avvisa alla former av våld och exploatering."

· · · · · · · · · ·

23

„Wer sich mit den Feinden des humanen Lebens geistig verbindet, versinkt in der Grausamkeit seines Tuns."

„Den som andligt ansluter sig till det mänskliga livs fiender, sjunker ner i grymheten i sina handlingar."

· · · · · · · · · ·

„Lässt man immerfort die hechelnden Rufe des Magens nach „Mehr" gewähren, wird der Kopf in seiner Ein- samkeit verkümmern."

„Om du låter magens flämmande kall för "mer" fortsätta, kommer huvudet att vissna i sin ensamhet."

· · · · · · · · · ·

„Zu wissen, dass wir selbst entscheiden können was wir wirklich entscheiden wollen, ohne es zwingend zu müssen, gibt uns die Kraft es auch zu tun."

„Att veta att vi själva kan bestämma vad vi verkligen vill bestämma utan att nödvändigtvis behöva måste ge oss styrkan att göra det."

• • • • • • • • • •

„Menschen, die meinen, dass Geld das höchst erstrebenswerte Gut für sie sei, geraten leicht in den Verdacht, für Geld alles zu tun."

„Människor som tycker att pengar är det mest önskvärda för dem kan lätt komma in i Misstanke om att göra någonting för pengarna."

• • • • • • • • • •

„Bringst du Geld, so findest du Gnade. Sobald es dir fehlt, schließen sich die Türen."

"Om du tar med pengar kommer du att hitta nåd. Så snart du saknar det stängs dörrarna."

• • • • • • • • • •

„Wenn du wissen willst wie Gott über Geld denkt, dann sieh dir die Menschen an, die ihn vor langer Zeit geschaffen haben.“

"Om du vill veta hur Gud tänker på pengar, titta på de människor som skapade honom för länge sedan."

• • • • • • • • • •

„Die Tränen eines Kindes sind der Schrei der Sehnsucht nach Liebe und Geborgenheit.“

„Ett barns tårar är ropet av längtan efter kärlek och trygghet."

• • • • • • • • • •

„Durch Klugheit und List ist jeder zu besiegen, der nur rohe Gewalt kennt."

„Den som bara känner brute force kan besegras av visdom och list."

....

„Wer den Hass trügerisch verbirgt, dessen Bosheit wird doch vor der Gemeinde offenbar werden."

"Den som bedrägeri döljer hat kommer att avslöja sin ondska för samhället."

....

„Der Neid, die Gewalt und die Macht sind das „Böse", was Menschen zur qualvollen Last fällt.
In diesen drei Charaktereigenschaften ist die Gier die Wurzel allen schrecklichen Handelns, was Menschen sich gegenseitig antun."

"Avund, våld och makt är det "onda" som gör människor till en plåga.
Girighet finns i dessa tre egenskaper roten till allt fruktansvärt tappar vad folk tycker till varandra."

....

„Den erwachenden Frühling entgegen zu lächeln, ist für uns Menschen etwas Selbstverständliches. Nicht so für die Erde."

„Sie hat es derzeit mit uns Menschen nicht leicht. Wer die Erde liebt, sollte die Augen aufmachen und nicht den Mund."

„Denn was wir der Erde entnehmen, sollte sie, so sie weiter unsere Lebensgrundlage sein soll, auch wieder zurückbekommen."

„Att le mot den uppvaknande våren är något vi människor tar för givet. Inte så för jorden."

"Det är inte lätt för oss människor just nu. Den som älskar jorden bör öppna sina ögon och inte din mun."

"För det vi tar från jorden borde det, om det fortsätter att vara vår försörjning få den tillbaka."

· · · · · · · · · ·

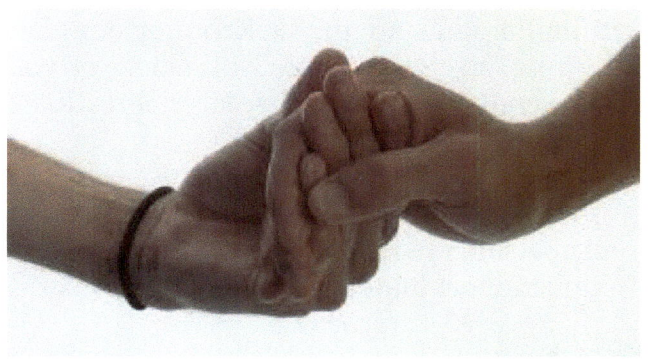

„Wo die Liebe und die Vernunft die Menschen fesselt,
blüht das Leben in all seiner hoffnungsvoller Pracht.
Gewinnen der Hass und die Gier die Oberhand,
stirbt das Leben."

*"Där kärlek och förnuft binder människor, blommar
livet i all sin hoppfulla prakt.
Hat och girighet får överhanden, livet dör."*

· · · · · · · · · ·

„Als Gott im Paradies Adam, die Krönung der göttlichen Schöpfung erschaffen hatte, war alles wertvolle, verwendbare Schöpfungsmaterial restlos aufgebraucht.“

„När Gud skapade Adam, kröningen av den gudomliga skapelsen, i paradiset, var allt värdefullt, användbart material för skapandet helt förbrukat.“

....

„Als er dann doch noch Eva, die arbeitende Erfüllungsgehilfen von der Krönung der göttlichen Schöpfung, also Adam, erschaffen wollte, reichte seine Rippe vorn und hinten nicht ganz aus.“

"När han äntligen ville skapa Eva, den fungerande vikariatet för kröningen av den gudomliga skapelsen, det vill säga Adam, var hans revben framför och bak inte tillräckligt."

....

„Also nahm er notgedrungen den fehlenden Rest aus dem im Paradies herumliegenden noch nicht ganz aufgeräumten Chaos, und bastelte Eva zusammen.“

„Så han tvingades ta det som saknades i kaoset som låg i paradiset, som ännu inte hade rensats upp, och sätta Eva ihop.“

....

„Wenn wir unsere Kinder töten, stirbt die Zukunft und
die Zeit bleibt stehen."

*"Om vi dödar våra barn dör framtiden och tiden står
still."*

· · · · · · · · · ·

„Wenn der Mensch täglich sich dem Glauben zuwendet,
versperrt er sich den Zugang zum Denken und
fördert hemmungslos die Lüge."

*„Om en person vänder sig till tro varje dag, blockerar
han sin tillgång till tänkande och
obehindrat främjar lögnen."*

· · · · · · · · · ·

„Die Gesichter der Menschen erkennt man im Licht der
Sonne, ihren Charakter im Dunkeln der Nacht."

„Du kan känna igen människors ansikten i solens ljus, deras karaktär i nattens mörker."

....

„Wer um seinen eigentlichen Zweck seines Lebens weiß und fühlt, dem verhilft sein Bewusstsein mehr als alles andere, um Schwierigkeiten und Hindernisse zu überwinden."

„Den som känner till och känner till sitt verkliga syfte i livet får mer än hjälp av sitt medvetande allt annat för att hantera svårigheter och hinder att komma över."

....

Volksweisheiten

„Neid frisst alles auf, was er in Besitz nehmen kann. Die Neider sterben wohl, doch niemals stirbt der Neid. Es stimmt, dass Geld nicht glücklich macht, allerdings meint man damit das Geld der anderen. Die Welt wird nicht bedroht von den Männern, Frauen und Kindern aus der Spezies von denkenden körperlichen Lebewesen der höheren geistigen Ordnung die böse sind, sondern von denen, die das Böse zulassen."

Folkvisdom

"Avund äter upp allt det kan ta till sig. De avundsjuka dör, men avunden dör aldrig. Det är sant att pengar inte gör dig lycklig, men det betyder andras pengar. Världen hotas inte av män, kvinnor och barn från den typ av tänkande fysiska varelser av högre andlig ordning som är onda, utan av de som tillåter ondska."

··········

„In einem geschlossenen System wie dem Planeten Erde ist wirklich Platz für viele Menschen. Wenn sie sich weiterhin so exzessiv vermehren, dann nicht!"

"I ett slutet system som planeten Jorden finns det verkligen plats för många människor. Om de fortsätter att multiplicera så mycket, då inte!"

··········

„Mit dem geistigen Fühlen zu denken und danach zu
handeln, führt zum rechten Weg für alle denkenden körperlichen Lebewesen der höheren
geistigen Ordnung.“

*"Att tänka med andlig känsla och att agera därefter
leder till rätt sätt för alla att tänka de högre fysiska
varelserna andlig ordning."*

••••••••••

„Wenn man mit der Logik des eigenen Verstandes
denkt, und die Worte sparsam wählt, wird sich
das geistige Fühlen auch ein festes zu Hause
schaffen können.“

"Om du tänker med logiken i ditt eget sinne och väljer
orden sparsamt kommer du att göra det
den andliga känslan också ett solidt hem
kan skapa."

••••••••••

„Von allen Denkprozessen des Bewusstseins sind die über das Leid und zur Trauer die schmerzhaftesten. "

"Av alla tankeprocesser av medvetande är de om lidande och sorg det mest smärtsamma."

....

„Die Menschen sollten nach dem Grundsatz leben, dass die Würde unantastbar ist. Das bedeutet, dass Männer, Frauen und Kinder unter keinen Umständen ein Mittel zum Zweck sein dürfen. Niemals!"

"Människor borde leva efter principen att värdighet är okränkbar.
Det betyder att män, kvinnor och barn under inga omständigheter vara ett medel till ett mål. Aldrig!"

....

„Die Philosophie ist die Stimme unseres Bewusstseins, auf der Suche nach der Wahrheit unseres „Seins"."

"Filosofi är rösten i vårt medvetande, på jakt efter sanningen i vårt "varelse"."

....

„Durch die Fülle von dem was geschieht, und nicht durch Gewalt, Hass und Gier, beeinflusst das „geistige Sein", eingebettet in der „geistigen Energie", achtsam den kosmischen Kreislauf des Lebens."

*"Genom överflödet av händelser och inte genom våld,
hat och girighet, påverkar den "andliga varelsen",
inbäddad i den "andliga energin" medvetet
cykeln i det kosmiska livet."*

• • • • • • • • • •

„Es kostet nicht viel Mühe, bei dieser Idylle den Geist zu
motivieren und aktiv zu werden. Es allerdings nicht
zu tun, dem folgt möglicherweise geistige Stille."

*"Det tar inte mycket ansträngningar att motivera
sinnet och bli aktiv i denna idylliska miljö. Det gör det
inte att göra, detta kan följas av andlig tystnad."*

• • • • • • • • • •

„Was nützen die besten Sachinhalte einer Idee, wenn sie
niemand in der Öffentlichkeit kraftvoll und energetisch
konsequent vertritt?"

"Vilken användning är det bästa faktiska innehållet i idén om den inte representeras offentligt."

. . . .

„Existiert eigentlich der Mensch nur für das unermüdliche Rackern nach dem ständigen „Mehr"?"

"Finns människan verkligen bara för den outtröttliga skurken efter den ständiga "mer"?"

„Die menschliche Existenz stützt sich auf zwei komplexe Säulen. Entweder das strebsame Bemühen, um das „Denken Wollen" und das „Wissen" zu mehren. Oder die maximale Befriedigung der materiellen Bedürfnisse."

"Människans existens vilar på två komplexa pelare. Antingen strävan efter att öka "tankeviljan "eller" att veta". Eller den maximala tillfredsställelsen av materiella behov."

. . . .

„Was in unserem Bewusstsein mit uns spricht, hören und sehen wir erst dann, wenn wir unsere Träume verwirklichen."

"Vi hör och ser bara vad som talar till oss i vårt medvetande när vi har våra drömmar var ta."

....

„Sind vielleicht Träume bei Männern, Frauen und Kindern eine Ausdrucksform oder ein Dolmetscher der geheimnisvollen Sprache des Bewusstseins?"

"Är drömmar kanske en uttrycksform eller en tolk för män, kvinnor och barn mystiskt medvetandespråk?"

....

„Die Dummheit und das nicht wissen wollen ist eine schlimme Krankheit. Der Kranke selbst leidet nicht unter ihr. Aber die Gesunden leiden umso mehr."

"Dumhet och att inte vilja veta är en hemsk sjukdom. Patienten själv lider inte under henne. Men de friska lider desto mer."

....

„Würde man beweisen wollen, dass es keinen Gott in
der Welt der Menschen gäbe, dann gibt es folg-
lich auch keine Religion. Für was auch?“

"Om du ville bevisa att det inte finns någon Gud i den
mänskliga världen finns det heller ingen religion.
För vad?"

· · · · · · · · · ·

„Die entsetzlich anhaftende Dummheit bei Glaubens-
doktrien, eingebettet in einer geistigen Dunkelheit
des göttlichen Glaubens, sollte niemals unter-
schätzt werden.“

"Den fruktansvärda klamrande dumheten av
trosläror, inbäddad i ett andligt mörker
av gudomlig tro, bör aldrig under-
uppskattas."

· · · · · · · · · ·

„Wer sich zwischen den Sternen im Universum bewegt,
kann nur lächeln über das Geld, das Gold
von gierigen Männern und Frauen.“

"Den som rör sig mellan stjärnorna i universum kan
bara le mot pengarna, guldet av giriga män och
kvinnor."

· · · · · · · · · ·

„Maßloser Konsum hinterlässt den Eindruck von einem erfüllten Leben der Menschen, und die Existenz einer Wohlstandsgesellschaft. In Wahrheit ist er der Nährboden für eine moralische Dekadenz in der Gesellschaft, sowie der wirtschaftliche Verfall eines bewohnbaren Planeten."

"Överdriven konsumtion lämnar intrycket av ett uppfyllt liv för människor och existensen av ett välmående samhälle.
I själva verket är det grogrunden för en moralisk dekadens i samhället, liksom den ekonomiska nedgången för en beboelig planet."

··········

„Achte aufmerksam auf dein Denken deiner Gedanken, denn sie werden durch Gestik, Mimik und Sprache Bestandteil deiner Kommunikation."

"Var noga med att tänka på dina tankar, för de görs genom gester, ansiktsuttryck och språk
En del av din kommunikation."

··········

„Achte auf deine Kommunikation, denn sie wird möglicherweise dein Verhalten und Handeln beeinflussen."

"Var uppmärksam på din kommunikation, för det kan bli ditt beteende och handlingar inflytande."

··········

„Achte auf dein Verhalten und Handeln, denn sie beeinflussen deine Charaktereigenschaften. Auf sie achte besonders, denn sie werden dein geistiges Leben beeinflussen."

"Var uppmärksam på ditt beteende och handlingar, eftersom de påverkar dina karaktärsdrag. Var uppmärksam på dem speciellt för att de blir ditt andliga liv inflytande."

....

„Was sollte ich tun und was sollte ich lassen? Was darf ich erhoffen oder wo ist jede Hoffnung zwecklos? Was bin ich eigentlich als Mensch, und warum lebe ich für eine begrenzte Zeit auf einem bewohnbaren Planeten?"

"Vad ska jag göra och vad ska jag inte göra? Vad kan jag hoppas på eller var är allt hopplöst meningslöst? Vad är jag egentligen som person och varför lever jag på en under en begränsad tid beboelig planet?"

....

„Was ist der Zweck dieses Lebens? Worin bestehen der Inhalt und die Bedeutung für das Leben?"

„Vad är syftet med detta liv? Vad är innehållet och meningen med livet?"

....

41

„Das Bewusstsein und das „geistige Sein", eingebettet in der „geistigen Energie" ist das konstituierende Formalprinzip des Universums und dessen was es enthält."

„Medvetandet och den "andliga varelsen" inbäddad i den "andliga energin" är beståndsdelen Formell universums princip och dess vad den innehåller."

· · · · · · · · · ·

„Das Denken der Gedanken ist grundsätzlich erst einmal ein energetisch ablaufprozessualer Prozess. Einmal völlig losgelöst davon, was ihn möglicherweise ausgelöst haben könnte, oder ausgelöst hat."

"Att tänka på tankar är i grund och botten bara en energisk processrelaterad process. En gång helt oberoende av vad som utlöser det."

· · · · · · · · · ·

„Zwei einander sich widersprechende Aussagen können nicht zugleich zutreffend sein."

„Två motsägelsefulla uttalanden kan inte vara tillämplig samtidigt."

· · · · · · · · · ·

„Vieles was von den Menschen gedacht wurde, ist ohne
Zweifel bereits mental abgehandelt worden. Man
muss sich nur der Mühe unterziehen,
es nochmals denken zu wollen."

*"Mycket av vad folk trodde har utan tvekan hanterats
mentalt. Man måste bara ta besväret vill tänka igen."*

· · · · · · · · · ·

„Wer sich nicht von der Sehnsucht und der Neugierde
berühren lässt, wird im Stumpfsinn seiner
einfältigen Gedankenwelt versinken."

„De som inte låter sig beröras av längtan och nyfikenhet
blir dumt deras
enkel sinnade världen sjunker in."

· · · · · · · · · ·

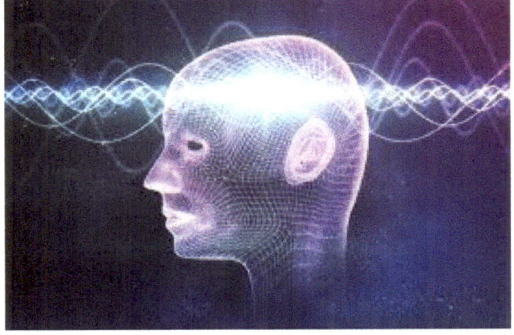

„Das Gehirn ist wie der menschliche Verdauungstrakt, es kommt nicht darauf an, wie man es arbeiten lässt, sondern wie es ergebnisorientiert Gedanken aufnehmen, verarbeitet und abspeichert kann."

„Hjärnan är som människans matsmältningskanal, det spelar ingen roll hur du låter den fungera, utan hur den kan absorbera, bearbeta och lagra tankar på ett resultatorienterat sätt."

....

„Es scheint wohl zutreffend zu sein, dass nicht das Herz die ihm zugesprochene Rolle als ablaufprozessuales Zentralorgan für die Wahrnehmungen und die Erkenntnisse übernimmt, sondern dass das menschliche Gehirn sich bemüht, diese Aufgaben zu lösen."

"Det verkar vara sant att hjärtat inte spelar den roll som tilldelats det som det centrala organet för uppfattningarna och Kunskap tar över, men det människors hjärna strävar efter att göra detta."

....

„Der Mensch muß beginnen sein Gedächtnis zu verlie-
ren, um zu erkennen, dass das Bewusstsein alles ist,
was das Leben von Männern, Frauen und Kindern
ausmacht. Das Bewusstsein ist der ethische und
logische Zusammenhalt, der Verstand, das Gefühl
und das daraus resultierende Verhalten und Handeln. Ohne Bewusstsein ist der Mensch wie ein
Raum ohne geistigem Inhalt.“

"Människan måste börja tappa sitt minne för att inse
att medvetandet är allt vad som definierar mäns,
kvinnors och barns liv.
Medvetande är etiskt och logisk sammanhållning,
sinnet, känslan och det resulterande beteendet och
hanteringen deln.
Utan medvetande är människan som en Utrymme
utan andligt innehåll."

• • • • • • • • • •

„Ein fremdes Organ tritt ungewollt in dein Leben ein,
um es möglicherweise etwas zu verlängern. Sinn-
voller wäre es, das eigene Leben in seiner
begrenzten Zeit geistig zu vertiefen.“

„Ett främmande organ kommer oavsiktligt in i ditt liv
för att eventuellt förlänga det lite.
Det vore vettigare att fördjupa sitt eget liv andligt på
sin begränsade tid."

• • • • • • • • • •

„Kann ein menschliches Bewusstsein sterben? Sollte es
organisch sein, ja!
Sollte es ein energetisches Konstrukt sein, nein! Energie
kann nicht sterben."

"Kan ett mänskligt medvetande dö?
Skulle det vara ekologiskt, ja!
Skulle det vara en energisk konstruktion, nej!
Energi kan inte dö."

· · · · · · · · · ·

„Die Realität hat ihre Grenzen, doch die Fantasy und
die Neugier sind grenzenlos."

*„Verkligheten har sina gränser, men fantasi och
nyfikenheten är obegränsad."*

· · · · · · · · · ·

„Wenn ein kleiner Junge ein Stück Holz unter dem Ofen hervorholt und zu dem Holz „Hühott" sagt, dann ist es ein Pferd. Ein richtiges lebendiges Pferd. Und wenn sein Bruder das Holz betrachtet und zu ihm sagt: Das ist ja kein Pferd, sondern du bist ein Esel. Dann ist er ein Esel."

"Om en liten pojke tar en bit trä under spisen och säger" Hühott "till skogen, så är det en häst. En riktig levande häst. Och när hans bror tittar på skogen och till honom säger: Det här är inte en häst, du är en åsna. Då är han en åsna."

....

„Lieber künstliche Intelligenz, als dumme Menschen."

„Bättre artificiell intelligens än dumma människor."

....

„Die Intuition ist der geistige Weckruf unseres Bewusstseins nach Veränderung unseres Denkens und Handelns."

„Intuition är vårt medvetandes andliga väckarklocka efter en förändring i vårt tänkande och Åtgärd."

....

„Die Kunst der Sprache besteht darin, sich so auszudrücken, dass man von allen verstanden wird."

„Språkkunsten består i att uttrycka sig på ett sätt som alla kan förstå."

• • • • • • • • • •

„Das Schicksal meldet sich nicht mit einem lauten Paukenschlag."

„Ödet svarar inte med en hög smäll."

• • • • • • • • • •

„Ist das materielle Universum möglicherweise nur ein illusionäres Konstrukt?"

„Är det materiella universum möjligen bara en illusionskonstruktion?"

• • • • • • • • • •

„In welcher Sprache spricht ein Gott zu den Männern,
Frauen und Kindern auf dem Planeten Erde?"

„På vilket språk talar en gud till män, kvinnor och barn
på planeten jorden?"

· · · · · · · · · ·

„Enttäuscht vom Affen schuf Gott in seiner Verzweif-
lung den Mann und aus dessen
Rippe die Frau."

*"Besviken över apan skapade Gud i sin förtvivlan
mannen och från hans revben en kvinna."*

· · · · · · · · ·

„Die Intuition ist die Fähigkeit, Einsichten in Sachver-
halte in noch unbekannte Sichtweisen, Gesetzmäßigkei-
ten, oder die subjektive Stimmigkeit von eigenen und
nicht eigenen Entscheidungen zu erlangen, ohne einen
diskursiven Gebrauch des Verstandes in Anspruch zu
nehmen.
Also ohne eine bewusste Schlussfolgerung ziehen zu
wollen."

*"Intuition är förmågan att få insikt i fakta i ännu
okända synvinklar, lagar eller den subjektiva
konsistensen av egna och inte egna beslut, utan att
använda diskursiv förståelse.
Så utan att vilja dra en medveten slutsats."*

· · · · · · · · ·

„Es gibt Menschen, denen würde man am liebsten den
Teufel als ständigen Gast in ihrem Hause wünschen.
Aber man tut es nicht. Das Bauchgefühl sagt nein!
Es wäre besser für solche Personen, sie
würden sich in ihrem Leben einmal
selbst begegnen."

*„Det finns människor som du vill önska djävulen som
en permanent gäst i deras hem.
Men du gör det inte.
Tarmkänslan säger nej!
Det skulle vara bättre för sådana personer, dem
skulle möta sig själva en gång i sina liv."*

....

„Nach Auffassung von manchen Menschen kann es im
materiellen Universum ohne Zufall keinen freien Will-
len geben, da jede Entscheidung bei Kenntnis aller
Einflussgrößen vorhergesagt werden könnte.
Aber wenn unsere Entscheidungen zufällig zustande
kommen, wäre das erst recht nicht das, was
wir uns unter einen freien
Willen vorstellen."

*"Enligt vissa människor kan det inte finnas någon fri
vilja utan slump i det materiella universum, för varje
beslut fattas med kunskap från alla. Påverkande
faktorer kan förutsägas.
Men om våra beslut fattas av misstag är det inte fri
vilja."*

....

„Wenn du in einer stillen Stunde deines Lebens in dich
hineinhören kannst und dabei fühlst, dass du nicht
so denkst wie viele andere, dann ändere es
auch nicht."

"Om du under en lugn timme i ditt liv kan lyssna på dig
själv och känna att du inte tänker som andra
människor, ändra inte heller på det."

••••••••••

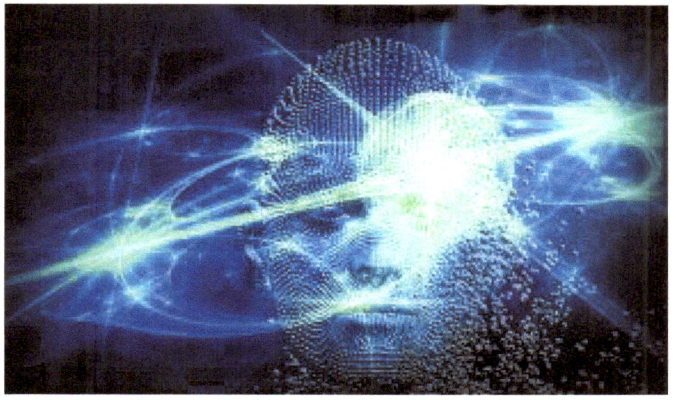

„Das „geistige Wollen" ist das sehnsüchtige geistige Ver-
langen der „geistigen Energie", eingebettet im
so genannten „universellem Nichts", nach struktu-
rellen ablaufprozessualen und energetischen Ent-
wicklungsprozessen. Einmal völlig losgelöst davon, inwieweit sich das auf geistige beziehungs-
weise materielle Veränderungsprozesse in
dem „universellem Nichts"
auswirken würde."

"Den "andliga viljan" är den längtande andliga önskan om den "andliga energi" inbäddad i så kallat "universellt ingenting", enligt strukturell verklig processrelaterad och energisk utveckling utvecklingsprocesser.
En gång helt fristående från i vilken utsträckning detta avser intellektuell relation kloka materialförändringsprocesser i det "universella ingenting"."

....

„Fühle die „geistige Energie" und achte auf die Stimme des „geistigen Wollens"."

"Känn den "andliga energin" och var uppmärksam på rösten från "andlig vilja"."

....

„Die Energie ist in ihrem Bemühen nützlich zu sein, der „mentale Erfüllungsgehilfe" für das „geistige Wollen"."

"Energin är användbar i ditt försök att vara den mentala ställföreträdaren för den "andliga viljan"."

....

„Der Energieerhaltungssatz sagt aus, dass die Energie eine Erhaltungsgröße ist. Dass also die Gesamtenergie eines abgeschlossenen Systems sich nicht mit der Zeit ändert. Energie kann zwischen verschiedenen Energieformen umgewandelt werden. So variabel im Universum Energieformen erscheinen mögen, sie unterliegen alle dem Energieerhaltungssatz der Physik. Demnach geht Energie niemals verloren."

„Lagen om bevarande av energi säger att energi är en bevarandemängd.
Så att den totala energin i ett slutet system inte förändras över tiden.
Energi kan omvandlas mellan olika energiformer.
Så varierande som energiformer kan förekomma i universum, de är alla underkastade lagen om bevarande av energi i fysiken.
Följaktligen går aldrig energi förlorad."

· · · · · · · · · ·

„Das „geistige Sein", eingebettet in der „geistigen Energie", ist die Heimat des „geistigen Wollens" und des „geistigen Fühlens"."

„Den "andliga varelsen", inbäddad i den "andliga energin", är hemmet för "andlig vilja"och "andlig känsla"."

· · · · · · · · · ·

„Jeder Gedanke den man denkt, ist ein geistiges Ergebnis, geboren aus dem geistigen Wollen. Jeder Gedanke
ist wie ein Baustein am werdenden Leben, unabhängig davon, wie es sich entwickeln wird."

*"Varje tanke man tycker är ett andligt resultat, född av
den andliga viljan.
Varje tanke är som en byggsten i det framtida livet,
oberoende beroende på hur det kommer att utvecklas."*

· · · · · · · · · ·

„Das „geistige Wollen" und das daraus resultierende
ablaufprozessuale Denken ist natürlich auch die Grundlage für das geistige Leben eines Bewusstseins
von Männern, Frauen und Kindern."

"Den" andliga viljan "och det resulterande processuella tänkandet är naturligtvis också grunden för ett medvetandes andliga liv av män, kvinnor och barn."

. . . .

„Dieses Ruhen in sich selbst, im „geistigen Sein", eingebettet in der „geistigen Energie" öffnet den Weg, um dann am Ende über das Denken der Gedanken einen anderen Weg zu suchen. Wie ein Segelboot, das vom Wind getrieben auf das Meer treibt. Da gelten nicht mehr die Regeln des Bekannten, sondern nur noch die unendlichen Weiten des geistigen Universums."

„Denna vila i sig själv, i den "andliga varelsen", inbäddad i den "andliga energin" öppnar vägen till då i slutet av tankernas tankar att leta efter ett annat sätt. Som en segelbåt som driver på havet, driven av vinden. Där reglerna för det kända gäller inte längre, men bara de oändliga vidderna av det andliga universum."

. . . .

„Nachdenklich steht es um das Geistige, das sich um die Zukunft ängstigt und traurig vom Unglück ist. Es ist voll Besorgnis ob das, woran es seine Freude hat, möglicherweise auch Bestand haben wird."

"Det är tankeväckande om det andliga, som är rädd för framtiden och ledsen för olycka.
Det är fullt av oro."

....

„Das „kosmische Nichts" ist wie der Leib einer Gebärenden. Aus wenigen Bausteinen entwickeln sich materielle und lebende Strukturen."

"Det "kosmiska ingenting" är som en kvinnas kropp.
Utveckla från några byggstenar materiella och levande strukturer."

....

„Das „kosmische Nichts" existiert eingebettet in einem energetisch ablaufprozessualen Gesamtkomplex und in einem dreidimensionalen Raum und der eindimensionalen Zeit. Also in einer vierdimensionalen mathematischen Struktur."

"Det "kosmiska ingenting" finns inbäddat i ett energiskt processrelaterat övergripande komplex och i ett tredimensionellt utrymme och i endimensionell tid.
Så i en fyrdimensionell matematisk struktur."

....

„Die universelle Wirklichkeit ist nicht die materiell sichtbare Materie, sondern die ablaufprozessualen Denkprozesse, eingebettet in der „geistigen Energie"."

"Den universella verkligheten är inte den materiellt synliga materien, utan de processuella tankeprocesserna, inbäddade i den "andliga energin"."

• • • • • • • • • •

„Das Denken des Wollens ist kein lapidarer energetisch ablaufprozessualer Prozess. Es ist auch sicherlich keine unbewusste geistig energetische Welle. Das geistige Wollen entspringt der Sehnsucht nach etwas, was es noch nicht geben sollte, aber notwendig und gewollt ist."

"Att tänka på vilja är inte en kortfattad, energisk processrelaterad process.
Det är det verkligen inte ne omedveten andligt energisk våg.
Det mentala längtan uppstår från längtan efter något vad som inte borde existera ännu, men nödvändigt och önskas."

• • • • • • • • • •

„Die ursprüngliche mentale Triebfeder zum „Wissen Wollen" ist die „geistige Sehnsucht". Sie ist tief eingebettet im „geistigen Wollen". Während alles spätere Wissen ein Ergebnis daraus ist."

"Den ursprungliga mentala drivkraften för" att vilja veta "är andlig längtan".
Det är djupt inbäddad i "andlig vilja".
Medan all senare kunskap är ett resultat av den."

....

„Alle „geistigen Elemente" sind energetisch ablaufprozessuale Elemente der „universellen Energie"."

„Alla "andliga element" är energiska processrelaterade element i "universell energi"."

....

„Das Bewusstsein ist das personifizierte „Sein". Es ist das gewordene Wissen und die Erkenntnis für die Existenz der eigenen geistigen Identität."

*"Medvetande är det personifierade "varelsen ".
Det är kunskapen som har blivit och kunskapen för dem Förekomsten av sin egen andliga identitet."*

....

„Alles Materielle ist in seiner Lebensweise grundsätzlich zeitlich „endlich". Das gilt ohne Ausnahme. Nur das „Geistige", also zum Beispiel das Bewusstsein, es existiert ewig.
Die physikalische Grundlage dafür ist das Energieerhaltungsgesetz, das unmissverständlich ausdrückt, dass Energie, gleich in welcher Form, weder erzeugt noch vernichtet werden kann. Die Energie existiert ewig."

"Allt material är i grunden" ändligt "i sitt livsstil.
Detta är sant utan undantag.
Endast det "andliga", till exempel medvetandet, det existerar för alltid.
Den fysiska grunden för detta är lagen om bevarande av energi, som otvetydigt uttrycker att energi, oavsett form, varken kan genereras eller förstöras.
Energin finns för alltid."

....

„Das „Bewusstsein" und das „geistige Sein", eingebettet in der „geistigen Energie" sind das konstituierende Formalprinzip des geistigen Universums und dessen was es enthält."

"Medvetenhet och andlig varelse, inbäddad i "andlig energi", är de formella principerna i det andliga universum och av vad den innehåller.".

....

Liebe Leserinnen und liebe Leser, in meinem nächsten Roman:

„Das Denken und die Gier"

werden sie lesen können, was viele Männer, Frauen und Kinder in Laufe ihrer relativ kurzen Lebensgeschichte bewegt hat, sich für den Konsum jeglicher Art in ihrem Leben zu entscheiden und dabei die Lebensgrundlagen ihres wunderbaren Planeten Erde in einer relativ kurzen Zeit zerstören. Wegweisende Ratgeber ihres Lebens sind nicht die Vernunft und die Liebe, sondern die Gier, der Neid und der Machthunger, der ihr Leben ausfüllt.

Die wenigen vernünftigen Verhaltensweisen von Männern, Frauen und Kindern reichen nicht aus, um der Menschheit eine hoffnungsvolle Zukunft in Aussicht zu stellen.

Dieser Roman wird ab Ende April 2021 im deutschsprachigen Buchhandel und bei den meisten nationalen und internationalen Internetportalen sowohl als Buch als auch als E – Book zu kaufen sein.

Viele interessante Stunden beim Lesen dieses spannenden Romans wünscht ihnen ihr -

Dietmar Dressel

Der Autor

Es kommt die Zeit, da rückt das 65. Lebensjahr in greifbare Nähe - endlich - denkt man erleichtert - in Pension. Soweit so gut! Es dauert nicht lang, und man feiert im Kreise der Familie den 66. Geburtstag und stellt dabei mit zunehmender Ungeduld fest, dass so ein Tag, mit seinen vierundzwanzig Stunden, ziemlich lang sein kann.

Familie, Enkelkinder, Faulenzen, Reisen und gelegentliche botanische Experimente bei der Gartenarbeit reichen nicht mehr aus, um den Tag ein interessantes Gesicht zu geben. Was tun? An dieser Frage kommt man nicht mehr vorbei, möchte man nicht den Rest seines Lebens auf der Couch und vorm Fernseher verdösen. Warum, so fragte ich mich, die vielen Gedanken und Ideen, die sich im Laufe eines Lebens gesammelt haben überdenken und - so möglich, schriftlich verarbeiten. Kaum sind solche Gedanken zu Ende gedacht, entwickelt sich dafür die notwendige Initiative. Ein Literaturstudium muss her. Denkt sich der Kopf, ohne an den Körper zu denken. Der ist ja bereits 66 Jahre alt und damit nicht mehr der Jüngste. Diese drei Studienjahre waren es, die mir zeigten, dass das kreative Schreiben kein dunkles Geheimnis bleiben muss, so man sich bemüht es zu lüften. Und noch etwas half mir sehr, das Schreiben ernsthaft anzupacken. Das geistige in sich "Hineinhören" um mit dem Bewusstsein und seiner inneren Stimme Gespräche zu suchen.

Mehr Informationen unter
BoD Verlag

Das Denken der Gedanken ist grundsätzlich erst einmal ein energetischer, ablaufprozessualer Prozess. Einmal völlig losgelöst davon, was ihn möglicherweise ausgelöst haben könnte, oder ausgelöst hat. Aus und Punkt! Aus dem wissenschaftlichen Verständnis von Teilen der Menschheit wäre allerdings das menschliche Gehirn sein Denkzentrum. Es besteht unstrittig zu etwa sechzig Prozent aus Gehirnfett und zu vierzig Prozent aus Proteinen. Dieser Analyse folgend bedeutet das, dass für das Denken der Gedanken und alle damit im Zusammenhang stehenden mentalen Prozesse aus dieser biologischen Masse entwickelt, organisiert und gespeichert werden sollen? Respekt! Es gibt auch andere Begründungen für das Denken der Gedanken. Jedenfalls so, wie ich sie als Autor dieses Romans verstehe.

Jeder Gedanke ist ein Baustein am werdenden Leben in seiner vielfältigen Gesamtheit. Es entwickelt sich durch das ablaufprozessuale „geistige Denken Wollen", eingebettet im "geistigen Sein" und der „geistigen Energie".

Dieser Roman ist wahrlich keine Lektüre, um vielleicht die Seele vor dem Einschlafen etwas „baumeln" zu lassen. Nein, das ist dieser Roman wirklich nicht. Im Gegenteil! Die Gedanken werden gefordert. Allerdings kann man, so man möchte, dadurch neue Erkenntnisse über: „Das Denken der Gedanken", hinzugewinnen.

Jedes denkende körperliche Lebewesen der höheren geistigen Ordnung auf bewohnbaren Planeten, also auch die Menschen vom Planeten Erde, bestimmen für sich selbst allein, was und wieviel sie besitzen wollen und wie sie sich entscheiden, denken und handeln, um das auch praktisch zu realisieren. Das geschieht aus freier Entscheidung und Willensbildung. Allerdings trägt auch jeder für sich allein die Verantwortung dafür! Nicht eine so genannte göttliche Figur im Himmel und schon gar nicht die „Anderen". Vor dem materiellen Wohlstand und dem menschlichen Glücklichsein steht allerdings als Warnsignal die „Würde des Menschen" fest verankert in der Erde.

Das Denken der Gedanken ist grundsätzlich erst einmal ein energetischer, ablaufprozessualer Prozess. Einmal völlig losgelöst davon, was ihn möglicherweise ausgelöst haben könnte, oder ausgelöst hat. Aus dem wissenschaftlichen Verständnis von Teilen der Menschheit wäre allerdings das menschliche Gehirn sein Denkzentrum. Es besteht unstrittig zu etwa sechzig Prozent aus Gehirnfett und zu vierzig Prozent aus Proteinen. Dieser Analyse folgend bedeutet das, dass für das Denken der Gedanken und alle damit im Zusammenhang stehenden mentalen Prozesse aus dieser biologischen Masse entwickelt, organisiert und gespeichert werden sollen? Respekt! Was geschah v o r dem Urknall? Wie entwickelten sich die kleinsten Bausteine des Lebens und der Materie? Besitzen denkende körperliche Lebewesen der höheren geistigen Ordnung, also zum Beispiel Menschen, ein Ichbewusstsein auf der Grundlage des Energieerhaltungssatzes? Worin schließt sich der Kreislauf des kosmischen Lebens? Gibt es das „geistige Sein", eingebettet in der „geistigen Energie"?

**Mehr Informationen unter
BoD Verlag**

Jedes denkende körperliche Lebewesen der höheren geistigen Ordnung auf bewohnbaren Planeten, also auch die Menschen vom Planeten Erde, bestimmen für sich selbst allein, was und wieviel sie besitzen wollen und wie sie sich entscheiden, denken und handeln, um das auch praktisch zu realisieren. Das geschieht aus freier Entscheidung und Willensbildung. Allerdings trägt auch jeder für sich allein die Verantwortung dafür! Nicht eine so genannte göttliche Figur im Himmel und schon gar nicht die „Anderen".

Vor dem materiellen Wohlstand und dem menschlichem Glücklichsein steht allerdings als Warnsignal die Würde des Menschen fest verankert in der Erde.

Denn die Menschenwürde ist der Wert, der ausnahmslos allen Männern, Frauen und Kindern gleichermaßen und unabhängig von ihren Unterscheidungsmerkmalen, wie: Herkunft, Geschlecht, Alter oder Status, zugeschrieben wird. Es ist der Wert, mit dem sich der Mensch aus der Spezies von körperlich denkenden Lebewesen der höheren geistigen Ordnung, über alle anderen Lebewesen erhebt. Aus und Punkt. Wenn dem nicht so wäre, könnten die Menschen ja auch als Affen ihr Leben führen. Was vermutlich bei dem Denken und dem daraus resultierendem Verhalten der meisten Menschen für das Leben der Pflanzen und Tiere deutlich vorteilhafter und für die Erde nützlicher wäre. Eben wäre.

Von Francis Bacon stammt das Zitat: „Wir dürfen das Weltall nicht einengen, um es den Grenzen unseres Vorstellungsvermögens anzupassen, wie der Mensch es bisher zu tun pflegte. Wir müssen vielmehr unser Wissen ausdehnen, sodass es das Bild des Weltalls zu fassen vermag.

Alles Materielle ist in seiner unterschiedlichen Existenz zeitlich endlich. Das gilt ohne Ausnahme! Nur das Geistige existiert ewig. Die physikalische Grundlage dafür ist das Energieerhaltungsgesetz, das unmissverständlich ausdrückt, dass Energie, gleich in welcher Form, weder erzeugt noch vernichtet werden kann. Energetisch ablaufprozessuale Denkprozesse sind ein prozessualer Be-standteil der Energie und Energie existiert ewig!"

Interessante Stunden beim Lesen dieser nicht ganz einfachen Lektüre wünscht ihnen ihr -
Dietmar Dressel

Mehr Informationen unter
BoD Verlag